A FERNEY

COMÉDIE EN UN ACTE ET EN VERS

A FERNEY

COMÉDIE EN UN ACTE ET EN VERS

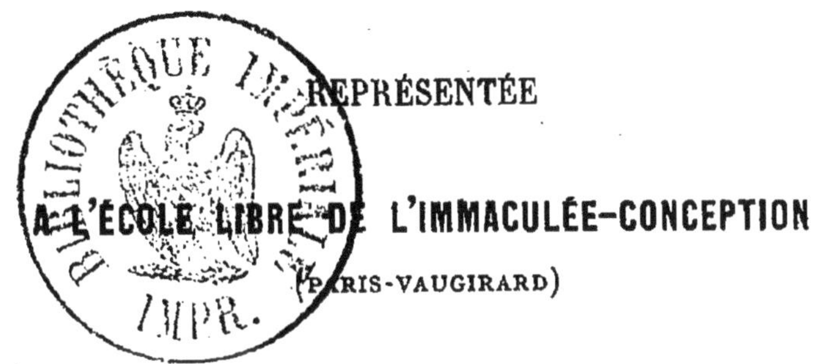

REPRÉSENTÉE

A L'ÉCOLE LIBRE DE L'IMMACULÉE-CONCEPTION

(PARIS-VAUGIRARD)

LE 3 MARS 1869

(Extrait des *Études religieuses, historiques et littéraires.*)

PARIS

IMPRIMERIE DE VICTOR GOUPY

5, RUE GARANCIÈRE, 5

1869

PERSONNAGES

VOLTAIRE.

Le chevalier d'AUMONT, jeune poëte.

Le baron d'HÉRICOURT, capitaine aux Gardes-Françaises.

HARDY de BOISGUIMONT, pseudonyme de STANISLAS FRÉRON[1].

Le marquis de THIBOUVILLE,	officieux de Voltaire.
Le marquis de FLORIAN,	
Le marquis de VILLETTE,	

Le docteur TRONCHIN.

TRUDAINE, intendant général des finances.

L'abbé JACQUES DELILLE, professeur de poésie latine au Collége de France.

BITAUBÉ, homme de lettres.

De la BORDE,	colons de Ferney.
FORESTIER,	

WAGNIÈRE, secrétaire et majordome

CLAUDE,	laquais.
RICHARD,	
MATHURIN,	
LAFLEUR,	
MARTIN,	

Colons et invités.

(Août 1777.)

[1] On sait le rôle que joua pendant la révolution le fils du malheureux critique. Toutefois les sentiments que nous lui prêtons ici, à la date de 1777, sont justifiés par le zèle qu'il mit tout d'abord à défendre la mémoire de son père. (Cf. *Année littéraire*, 1776, t. IV.) — Quant à son voyage de Ferney, il va sans dire que c'est une pure fiction.

A FERNEY

SCÈNE PREMIÈRE

WAGNIÈRE, CLAUDE, MARTIN, LAFLEUR, MATHURIN, RICHARD.

(*Les laquais rangent tout dans le salon. Mathurin et Lafleur apportent une table.*)

MATHURIN.

Par ici ?

WAGNIÈRE.

Non, par là. Dépêchons, je vous prie. —
Martin !

MARTIN.

Monsieur ?

WAGNIÈRE.

Des fleurs dans cette galerie,
Des fleurs sur le perron, dans la salle à manger.

MARTIN.

On y court. (*Il sort.*)

WAGNIÈRE.

Hâtons-nous. — Tiens ! J'aurais dû songer....
Vraiment ce Joseph deux me tournera la tête.

(*Il écrit dans un portefeuille.*)

LAFLEUR.

Monsieur Wagnière.

WAGNIÈRE.

Eh bien?

LAFLEUR.

Pour compléter la fête,
L'empereur à Ferney va se faire bénir,
Et nous laisser, je pense, un petit souvenir.

RICHARD.

Il nous doit bien cela pour le mal qu'il nous donne.

WAGNIÈRE.

Taisez-vous.

MATHURIN.

Quel honneur! L'empereur en personne,
Incognito!

LAFLEUR.

Comment?

CLAUDE.

Voir une majesté
Trônant dans ce fauteuil par moi Claude apporté!
Eût-on pensé jamais que j'aurais tant de gloire?

RICHARD.

Te voilà chambellan.

LAFLEUR.

Tu seras dans l'histoire.

WAGNIÈRE (*écrivant.*)

Pour notre sérénade il faut dix violons....
Pour le feu d'artifice il conviendrait....

MATHURIN.

Allons!
Voilà ce que l'on gagne à servir un grand homme,
Un poëte, un Voltaire....

WAGNIÈRE (*écrivant*).

Et cent pétards....

RICHARD.

En somme,
Le côté merveilleux de cet événement,
C'est Voltaire guéri, guéri subitement.
Monsieur, l'autre semaine, était à l'agonie,
Et....

LAFLEUR.

Bah! monsieur se meurt chaque fois qu'il s'ennuie[1].
Le manége est connu.

WAGNIÈRE.

Silence, babillard.

RICHARD. (*Plus bas.*)

Le seul mot d'empereur vous l'a rendu gaillard.
Par la maison, dès lors, il fait le diable à quatre,
Ne cessant de courir, de jurer et de battre.

[1] Sur ces variations subites dans la santé de Voltaire, Voir *Mémoires de Bachaumont*, 23 septembre 1777. t. X, p. 230, — 14 juillet 1769, t. IV, p. 269. — *Mémoires de Marmontel*, t. II, p. 230.

MATHURIN.

Il a bon pied, bon œil, bonne langue.

RICHARD (*douloureusement.*)

Et bon bras.

LAFLEUR.

Voilà, mon cher. Les jours ne se ressemblent pas.
L'ennui nous fait mourir et l'honneur nous réveille.
Va, pour un empereur on se porte à merveille.

RICHARD.

Pourtant si Joseph deux ne venait point....

MATHURIN.

Holà !
On n'en est donc pas sûr ?

WAGNIÈRE.

Qui vous a dit cela ?

MATHURIN.

Ce n'est pas moi, Monsieur.

WAGNIÈRE.

L'empereur est trop sage
Pour ne profiter point de son heureux passage,
Et puisque dans Genève il doit coucher ce soir,
Pour lui c'est un plaisir, un honneur, un devoir
De porter à Voltaire....

RICHARD.

En a-t-on la promesse,
Un petit mot d'écrit ?

WAGNIÈRE.

Taisez-vous, sotte espèce.
Allez dans la cuisine où Fanchon vous attend :
Vous pourrez à votre aise y faire l'important.
Je vous dis qu'il viendra.

CLAUDE.

Bravo, Monsieur Wagnière !

MATHURIN.

Et nous le recevrons avec croix et bannière. (*Ils sortent.*)

WAGNIÈRE.

De quoi se mêlent-ils ?

SCÈNE II.

WAGNIÈRE, THIBOUVILLE.

THIBOUVILLE.

Eh bien ! Sommes-nous prêts,
Monsieur le factotum ? L'heure avance.

WAGNIÈRE.

A peu près,
Monsieur de Thibouville.

THIBOUVILLE (*regardant à la fenêtre.*)

On vient. Dans l'avenue
Je vois de nos colons fourmiller la cohue,
Manants endimanchés qui vont, avec fureur,
De leur grosse allégresse étourdir l'empereur.

Mais n'allons pas omettre un point obligatoire.
Ce bon peuple est charmant quand on lui donne à boire;
Il a le cœur plus tendre et le verbe plus haut.
Faites porter du vin. — Pour les gens comme il faut,
Le marquis de Villette, en attendant Voltaire,
Leur montre tout du long les beautés du parterre.

WAGNIÈRE.

Monsieur ne reçoit pas encore?

THIBOUVILLE.

En ce moment,
Il achève au galop son petit compliment.

WAGNIÈRE.

Ah! fort bien. Respectons les loisirs du génie.

THIBOUVILLE.

Nous ferons dans une heure entrer la compagnie.

SCÈNE III.

WAGNIÈRE, THIBOUVILLE, CLAUDE.

CLAUDE.

Monsieur, trois visiteurs se présentent ici.

WAGNIÈRE.

Indiquez les jardins.

CLAUDE.

Je l'ai fait, Dieu merci.

L'un d'eux m'a répondu qu'un homme de sa sorte
Ne vient point de Paris pour attendre à la porte.
C'est un Garde-Française.

THIBOUVILLE.

Oh! Quel déterminé!
Va-t-il prendre d'assaut la place de Ferney?

CLAUDE.

L'autre d'un ton plus doux me presse, me conjure.
Il veut voir le grand homme.

THIBOUVILLE.

Ah! j'en fais la gageure,
C'est un poëte.

CLAUDE.

Enfin tous deux sont fort bien mis.

WAGNIÈRE.

Et l'autre original qui brûle d'être admis?

CLAUDE.

C'est un petit monsieur de mine rechignée,
Tout noir du haut en bas comme une cheminée.

THIBOUVILLE.

En grand deuil.

CLAUDE.

J'oubliais, Monsieur, le capital :
Le plus jeune a deux mots du comte d'Argental.

WAGNIÈRE.

Que ne le disais-tu?

THIBOUVILLE.

Fais donc entrer de suite. (*Claude sort.*)

WAGNIÈRE.

Maladroit! — Moi, je cours à mon poste.

THIBOUVILLE.

Allez vite,

Allez

SCÈNE IV.

THIBOUVILLE *seul.*

Voir le grand homme! Eh! pauvres jeunes fous,
Si vos yeux chaque jour le voyaient comme nous!
Qu'un grand homme de près est souvent peu de chose.
Mais vos illusions servent la bonne cause.
Quand l'aigle impérial donne dans le panneau,
C'est tout simple d'y prendre un petit étourneau.

SCÈNE V.

THIBOUVILLE, D'AUMONT, D'HÉRICOURT, HARDY.

D'AUMONT (*apercevant Thibouville.*)

C'est lui! De mes transports je ne suis plus le maître.
C'est lui! (*Il s'avance rapidement*).

THIBOUVILLE.

Pardon, Monsieur; vous vous trompez peut-être.

D'AUMONT.

Quoi ! vous ne seriez pas... ?

THIBOUVILLE.

Voltaire ? Non vraiment.
Marquis de Thibouville, à vos ordres. (*A part.*) Charmant !

D'AUMONT.

Ciel !... Excusez.

THIBOUVILLE.

Je suis flatté de la méprise,
Et quelque ressemblance en effet l'autorise.
Qui donc ai-je l'honneur... ?

D'AUMONT.

Le chevalier d'Aumont.

D'HÉRICOURT.

Le baron d'Héricourt.

HARDY.

Hardy de Boisguimont,
Avocat.

THIBOUVILLE.

L'un de vous, Messieurs, porte une lettre.

D'AUMONT.

Moi, Monsieur.

THIBOUVILLE.

Vous plaît-il que je l'aille remettre ?
Voltaire est enfermé. Vous aurez pu savoir
Quelle visite auguste il compte recevoir.

D'HÉRICOURT.

Oui, Monsieur.

D'AUMONT (*donnant la lettre.*)

Croyez-vous qu'avec ce mot de passe
D'un moment d'audience il nous fera la grâce?

THIBOUVILLE.

Je le pense. — Restez les maîtres de ce lieu.
Notre bibliothèque est ici près. Adieu. (*Il sort.*)

SCÈNE VI.

D'AUMONT, D'HÉRICOURT, HARDY.

D'HÉRICOURT (*à d'Aumont.*)

Bravo, petit cousin. Ton entrée impayable
Nous mettra bien en cour.

D'AUMONT.

Mauvais plaisant!

D'HÉRICOURT.

Que diable!
Avant de se répandre en propos obligeants,
Avant de se jeter à la tête des gens,
On les regarde au moins.

D'AUMONT.

Quand voudra-t-il se taire?
Je ne t'écoute pas.

D'HÉRICOUPT.

Soit. (*Il parcourt le salon en lorgnant tout.*)

D'AUMONT.

Je suis chez Voltaire[1].
O triomphe à mes vœux si longtemps refusé!
Rêve de tous mes jours enfin réalisé!
Quoi! ce vieillard divin, ce poëte, ce sage,
Cet esprit éclatant qui règne sur notre âge,
De la raison sévère embellissant les lois,
L'idole de l'Europe et le maître des rois!
Oh! le voir, l'admirer, m'enivrer de sa gloire!
Comme un riche trésor, fixer dans ma mémoire
Quelque trait de son âme en passant dérobé,
Un mot, rien qu'un seul mot de ses lèvres tombé!...
Que je dois à la foule être un objet d'envie!
Pour ce jour de bonheur je donnerais ma vie.

D'HÉRICOURT.

Sais-tu que son château ne me plaît pas du tout?
Le style en est vulgaire et du plus mauvais goût.
C'est bourgeois.

D'AUMONT (*sans l'écouter.*)

Et pourtant qu'oserai-je lui dire?
Je tremble, épouvanté de l'honneur où j'aspire.
Il peut à chaque instant paraître devant moi.
Je sens que le respect, l'émotion, l'effroi

[1] Il y a au début de cette scène quelques traits imités d'une jolie pièce en prose de MM. Louis Lurine et Albéric Second, *la Comédie à Ferney*.

A mon enthousiasme imposeront silence...
Dieu ! Qu'en pensera-t-il?...— Ne pourrais-je d'avance...?
Ah ! si mon pauvre cœur trouvait un peu d'esprit !
Essayons quelques vers. (*Il s'assied.*)

D'HÉRICOURT.

Que fait-il ? Il écrit ?

D'AUMONT (*écrivant.*)

« Merveille de nos jours, esprit vaste et sublime.... »

D'HÉRICOURT.

Des vers ! — Faut-il, cousin, te chercher une rime?

D'AUMONT.

Laisse-moi. — Muse, viens seconder mon effort.

D'HÉRICOURT (*après un silence.*)

Ah ! ça mais je commence à m'ennuyer très-fort.
A peine arrivons-nous, d'Aumont tombe en extase,
Hardy ne souffle mot ; il n'est que moi qui jase.
Nous faisons à nous trois de plaisants pélerins.
(*A Hardy, qui est resté assis dans un coin.*)
— Çà, vous êtes muet ?

HARDY.

Vous savez mes chagrins.
Pardonnez.

D'HÉRICOURT.

Sur votre âme ils ont trop de puissance.
Quand dimanche, à Lyon, nous fîmes connaissance,
Et durant ces trois jours, ils vous ont bien permis
De montrer bon visage à vos nouveaux amis.

Puis l'aspect de ces lieux devrait vous en distraire.

HARDY.

Non, l'aspect de ces lieux les redouble au contraire.

D'HÉRICOURT.

Par exemple! Et pourquoi?

HARDY.

Permettez qu'aujourd'hui
Je ne le dise pas.

D'HÉRICOURT.

C'est donc un mystère?

HARDY.

Oui,
Jusqu'à demain.

D'HÉRICOURT.

Monsieur, je vous demande excuse.
— Allons, à moi tout seul il faut que je m'amuse.
Par bonheur, la matière ici ne manque point,
Et surtout Joseph deux nous viendra fort à point.
Voltaire, l'empereur, c'est double comédie,
Sans compter mon cousin.

D'AUMONT (*jetant la plume.*)

Non, ma veine engourdie
S'y refuse.

D'HÉRICOURT.

Tant mieux. Il y faut renoncer.
Viens.

D'AUMONT.

Que dire au grand homme et que va-t-il penser?

D'HÉRICOURT.

Tout ce qui lui plaira. Viens.

D'AUMONT.

Où donc, je te prie?

D'HÉRICOURT.

Voir sa bibliothèque.

D'AUMONT.

Allons, soit.

D'HÉRICOURT (*à Hardy.*)

Je parie
Que vous resterez là.

HARDY.

S'il vous plaît.

D'HÉRICOURT (*à d'Aumont, en s'éloignant.*)

Quel guignon
De nous être accolé ce fâcheux compagnon! (*Ils sortent.*)

SCÈNE VII.

HARDY *seul.*

C'est vrai : trio bizarre! un curieux frivole,
Un apprenti poëte, épris de son idole,
Et moi, qui sous un masque ai bien osé venir,
En voyant ce grand homme apprendre à le punir.

Oui, je le punirai.... — Fréron, mon noble père,
De ton persécuteur voilà donc le repaire.
C'est d'ici que partaient ces libelles hideux,
Ces traits dont le venin nous a flétris tous deux.
Il t'a tué d'ici. Mais sa jalouse rage
Sur ton nom, sur le mien verse encore l'outrage;
De ses ricanements il poursuit ton cercueil [1]....
Ah! vienne un empereur aduler son orgueil!
Qu'un triomphe aujourd'hui couronne tant de crimes!
Non, rien n'y manquera, pas même ses victimes.
A leur morne douleur s'il lui plaît d'insulter,
Fréron, ton fils est là pour les représenter.

(*Rentre d'Aumont.*)

SCÈNE VIII.

HARDY, D'AUMONT, *puis* D'HÉRICOURT.

D'AUMONT.

Dieu! Qu'ai-je vu?

HARDY (*à part.*)

Déjà! — Malgré sa folle ivresse,
Le petit chevalier m'attire et m'intéresse.
Quel dommage!....

[1] Fréron mourut du chagrin que lui causa la suppression de l'*Année littéraire*, suppression obtenue du ministre Malesherbes par la secte philosophique. (Cf. L'abbé Maynard, *Voltaire*, liv. IV, ch. II.)

D'HÉRICOURT (*reparaissant à la porte de la bibliothèque, à d'Aumont.*)

Eh bien! Quoi? Qu'est-ce? Quelle stupeur!
Ce diplôme encadré te fait-il si grand peur?

D'AUMONT.

Je n'en crois pas mes yeux.

D'HÉRICOURT.

Il faut bien les en croire.

HARDY (*s'approchant.*)

Comment?

D'HÉRICOURT.

Figurez-vous une plaisante histoire.
Juste entre les portraits de Clairon, de Gaussin,
Un diplôme où Voltaire est reçu capucin [1];
Oui, père temporel de l'ordre séraphique.
D'Aumont n'en revient pas. Le cadre est magnifique
Et l'acte en bonne forme, imprimé sauf le nom.

D'AUMONT (*désolé.*)

Serait-il hypocrite?

D'HÉRICOURT.

Hé! mon Dieu! pourquoi non?

[1] Chaudon, *Mémoires sur Voltaire*, 1re partie, p. 239. Voltaire écrivait à Richelieu le 9 février 1770 : « J'ai l'honneur d'être capucin. Notre Général, qui est à Rome, m'a envoyé mes patentes signées de sa vénérable main. Je suis du tiers-ordre, mes titres sont *Fils spirituel de S. François et père temporel.* »

HARDY (*à d'Aumont*).

Vous vous en étonnez, Monsieur ?

D'HÉRICOURT.

Le bon apôtre
S'arrange des amis pour ce monde et pour l'autre,
Fort bien avec le diable, assez bien avec Dieu.

D'AUMONT.

Voltaire serait homme à jouer double jeu !
Non, cet affreux soupçon répugne à tout mon être.

HARDY.

Mais ce Voltaire enfin que vous pensez connaître,
De toutes les vertus ce modèle achevé,
Ce héros d'un beau songe, où l'avez-vous trouvé ?

D'AUMONT.

Dans ses écrits, Monsieur. Son âme droite et belle
Dans ce vivant miroir à mes yeux se révèle.
Je l'y vois tel qu'il est, sage, religieux,
Mais jaloux d'épurer la foi de nos aïeux,
Mais d'un zèle indigné poursuivant l'ignorance,
Jamais intolérant que pour l'intolérance.

D'HÉRICOURT.

Un petit saint, un ange.

HARDY.

Et ces lâches pamphlets,
Ces blasphèmes grossiers, ces impudents soufflets
Prodigués par cet homme à tout ce qu'on révère !

D'AUMONT.

Il n'en avoue aucun.

HARDY.

Vous le croyez sincère ?

D'HÉRICOURT.

La bonne âme !

D'AUMONT.

On voudrait qu'ardent à s'excuser
Voltaire s'abaissât jusqu'à se déguiser ?
Non, non; contre sa gloire armez la calomnie :
Je veux croire son cœur plus haut que son génie.

HARDY.

Son cœur ! Ah ! devant moi qu'on n'en parle jamais !

D'AUMONT.

Pourquoi donc ?

HARDY.

Il suffit.

D'HÉRICOURT (*à Hardy.*)

Moi, je vous le promets :
Je n'en parlerai point, vu que je n'y crois guère.

D'AUMONT.

Mais à tous les tyrans n'a-t-il pas fait la guerre,
Flétri tous les abus, prêté sa noble voix
À tous ceux qu'opprimaient de trop sévères lois,
Aux Calas, au Sirven ?....

D'HÉRICOURT.

Et l'a-t-on vu défendre
Les moines qu'à Lisbonne un ministre a fait pendre [1] ?
En nouveau Don Quichotte, en redresseur de torts,
A-t-il de la Pologne applaudi les efforts [2] ?
Moi, j'admire comment ses fibres sympathiques
Ne s'émeuvent jamais qu'aux pendus hérétiques.

HARDY (*à d'Aumont.*)

Mes paroles, Monsieur, risquent de vous blesser.
Dans vos illusions je voudrais vous laisser;
Mais à votre avenir il importe peut-être
D'estimer moins cet homme et de le mieux connaître.
Vous oubliez, séduit par de brillants appas,
Que le cœur aux talents ne se mesure pas.
Vous ignorez encor tout ce qu'une âme humaine
Peut enfermer d'orgueil, de bassesse et de haine.
Aussi jeune que vous, ne soyez pas surpris,
Monsieur, si le malheur me l'a plus vite appris.
Tous les dons de l'esprit sont échus à Voltaire,
Mais Dieu lui refusa tous ceux du caractère.
Fourbe, rampant, cruel....

D'AUMONT (*indigné.*)

Monsieur!

HARDY.

Ce n'est pas tout.

[1] Voir dans sa correspondance des années 1759 et 1760 les injures dont il accablait les victimes de Pombal.

[2] Voir sa correspondance avec Frédéric et Catherine de Russie, en 1772 et 1773.

D'HÉRICOURT.

Comme il y va!

HARDY.

Daignez m'entendre jusqu'au bout.
J'affirme qu'un orgueil insatiable, immense,
Chatouilleux à l'excès, vain jusqu'à la démence,
Dans toute sa conduite est prompt à se trahir;
Qu'il ne sait pas aimer, qu'il sait trop bien haïr;
Que, tandis qu'il étale au public idolâtre
Ses sentiments fardés, ses vertus de théâtre,
Si des sages, armés d'un plus ferme bon sens,
Osent bien à ce dieu disputer leur encens,
Apre à venger sur eux sa vanité battue,
Sa voix les déshonore et sa haine les tue.
Je l'affirme aujourd'hui, mais, plus libre demain,
Je vous en convaincrai : j'en ai la preuve en main.
Ah! sans chercher longtemps des témoins à produire,
Ces vêtements de deuil pourraient vous en instruire.

D'HÉRICOURT (*à d'Aumont.*)

Dieu! Quelle philippique!

D'AUMONT (*à d'Héricourt.*)

A-t-il perdu l'esprit?

D'HÉRICOURT (*à Hardy.*)

Mais dites donc, mon cher...

HARDY.

J'en ai déjà trop dit,
Permettez. Je me tais. (*Il s'assied à l'autre bout du théâtre.*)

D'HÉRICOURT.

Mystère sur mystère.
Tout de bon, viendrait-il assassiner Voltaire ?

D'AUMONT.

L'outrager à ce point dans sa propre maison !

D'HÉRICOURT.

C'est fort, et cependant...

D'AUMONT.

Quoi ?

D'HÉRICOURT.

S'il avait raison...

D'AUMONT.

Non, mille fois.

D'HÉRICOURT.

Qui sait ?

D'AUMONT.

Non, certes, je le jure.
La gloire a mis Voltaire au-dessus de l'injure.

D'HÉRICOURT.

Pourtant.....

D'AUMONT.

C'est impossible.

D'HÉRICOURT.

Enfin que dirais-tu ?

D'AUMONT.

Je dirais qu'en ce monde il n'est plus de vertu,
J'en serais à douter du ciel et de mon âme,
Je penserais... Mais non, c'est faux, absurde, infâme,
J'en suis sûr.

D'HÉRICOURT.

Nous allons le savoir aujourd'hui.
J'entends des pas, on vient. (*A Hardy qui passe de leur côté.*)
Contenez-vous.

D'AUMONT.

C'est lui !

SCÈNE. IX.

D'AUMONT, D'HÉRICOURT, HARDY, THIBOUVILLE, VOLTAIRE.

VOLTAIRE (*aux trois visiteurs.*)

Excusez-moi, Messieurs. (*Il s'écarte avec Thibouville, mais parle assez haut pour être entendu.*)
Vous, mon cher Thibouville,
Allez donc, s'il vous plaît, d'une façon civile,
Redire à mon curé que Voltaire l'attend.
Il faut que le bonhomme aujourd'hui soit content.
Quant aux saints Génevois, je n'en veux pas à table.
Donnons pieusement les huguenots au diable.

D'HÉRICOURT (*bas, à d'Aumont.*)

Il est intolérant.

VOLTAIRE (*bas, à Thibouville.*)

C'est qu'il importe au bien
Qu'à Ferney l'empereur me trouve bon chrétien.
Il en fera ma cour à la grande Thérèse.

THIBOUVILLE (*bas.*)

Et le bruit en viendra peut-être à Louis seize.

VOLTAIRE (*de même.*)

Vous avez trop d'esprit. Taisez-vous.— (*Haut.*) En passant
Voyez si le courrier n'a rien d'intéressant.
(*Il regarde sa montre.*)
Hé! nous devrons bientôt faire entrer notre monde.

THIBOUVILLE.

C'est vrai.

VOLTAIRE.

Sont-ils nombreux?

THIBOUVILLE.

Oui, le public abonde.

VOLTAIRE.

Bon.

THIBOUVILLE.

Force gros bourgeois, force petits seigneurs.
Villette les amuse et leur fait les honneurs.
Je cours. (*Il sort.*)

SCÈNE X.

VOLTAIRE, D'AUMONT, D'HÉRICOURT, HARDY.

VOLTAIRE.

Eh bien ! Messieurs, dans mon humble domaine
Quel charme, quel attrait aujourd'hui vous amène?
Joseph deux, je suppose.

D'HÉRICOURT.

Oh ! Monsieur, quelle erreur !

D'AUMONT.

Non, nous cherchons ici bien mieux qu'un empereur.

VOLTAIRE.

Et qui donc?

D'AUMONT.

Un grand homme, un roi sans diadème,
Celui que l'empereur y vient chercher lui-même.

VOLTAIRE.

Ah ! vous êtes poëte, et je vous connais là.
Le chevalier d'Aumont.

D'AUMONT.

Oui, Monsieur.

VOLTAIRE (*à d'Héricourt.*)

C'est cela :
Un cadet qui forligne et qui, Dieu lui pardonne !
Pour suivre Melpomène a déserté Bellone.

D'HÉRICOURT.

L'honneur en est égal, et le même laurier
Ceint le front du poëte et celui du guerrier.

VOLTAIRE.

On le dit quelquefois en vers.

D'AUMONT.

Et j'ose croire
Que Dieu fait au poëte une plus pure gloire,
Que mille ambitieux préfèrent comme moi
Les lauriers de Zaïre à ceux de Fontenoy.

VOLTAIRE.

Oh! Oh! Qu'en dites-vous, Monsieur le militaire?

D'HÉRICOURT.

Je n'oserai jamais en douter chez Voltaire.

VOLTAIRE.

La malice est aimable. — Hé là! Messieurs, tout doux!
Vous flattez un vieillard, et c'est fort mal à vous.

D'AUMONT.

Vous flatter!

VOLTAIRE.

Par bonheur, le temps m'a rendu sage.
On ne fait plus tourner les têtes de mon âge.
J'ai quatre-vingt-trois ans, un siècle presque entier... !
Allons, Monsieur d'Aumont, soyez mon héritier;
Jeune poëte, allons, montez vite au Parnasse.
Demain, je déménage et vous lègue ma place.

D'AUMONT.

La vôtre !

VOLTAIRE.

Ah ! jeunes gens, que vous poussez les vieux !
La mort a déjà pris mes oreilles, mes yeux,
Et, comme Fontenelle, attendant le voyage,
Je fais partir devant tout mon gros équipage[1].

D'HÉRICOURT.

Mais, Monsieur....

VOLTAIRE.

L'empereur que je vais recevoir,
Que cherche-t-il ici ? Que pense-t-il y voir ?

D'AUMONT.

Il pense dans son temple honorer le génie.

VOLTAIRE.

Il n'aura qu'un malade, hélas ! à l'agonie,
Un barbon qui radote, un pauvre vieux hibou [2]
Qui s'est enfui du monde et se meurt dans un trou.
On vient en grande pompe enterrer le bonhomme.

[1] « Vous venez voir un malade à l'extrême-onction, un agonisant qui fait un dernier effort pour vous recevoir. La mort s'est déjà emparée de mes dents, de mes yeux, de mes oreilles ; comme Fontenelle, j'envoie devant mes gros équipages. » (Sherlock, *Lettres d'un voyageur anglais.*)

[2] Voltaire se prodigue à lui-même cette qualification dans sa correspondance (dernières années).

D'HÉRICOURT (*bas à d'Aumont.*)

Il tourne au noir.

D'AUMONT.

Hélas !

VOLTAIRE (*se tournant brusquement vers Hardy.*)

Vous, Monsieur, l'on vous nomme ?

HARDY.

Hardy de Boisguimont.

VOLTAIRE.

Vous êtes ?

HARDY.

Avocat.

VOLTAIRE.

Puis-je vous demander sans être indélicat
Pourquoi ce deuil ?

HARDY.

Monsieur, depuis la mort d'un père....

VOLTAIRE.

Ah ! je vous plains, Monsieur.

D'HÉRICOURT (*bas à Hardy.*)

Pas de scène, j'espère.

HARDY.

Non.

VOLTAIRE.

Votre père est mort! Sans indiscrétion,
Vous avez hérité de sa profession?
Il fut homme de robe?

HARDY.

Écrivain.

VOLTAIRE.

A merveille.
(*A part.*) Hardy! Jamais ce nom n'a frappé mon oreille.
(*Haut.*) Où donc écrivait-il? A Paris?

HARDY.

A Paris.

VOLTAIRE (*A part.*)

Je veux être pendu si j'ai lu ses écrits.
(*Haut.*) Dur métier que le nôtre!.... Il est mort à la peine,
Sans doute.

HARDY.

Non, Monsieur.

VOLTAIRE.

Qui l'a tué?

HARDY.

La haine.

VOLTAIRE.

Il eut des ennemis?

HARDY.

Oui, puissants et nombreux.

VOLTAIRE (*à part.*)

Je n'y suis pas.

HARDY.

Longtemps persécuté par eux,
Enfin jusqu'au tombeau leur rage inassouvie
De dégoûts en dégoûts traîna sa noble vie.

VOLTAIRE (*A part.*)

Quel roman! Sur l'honneur je n'en crois pas un mot.
(*Haut.*) Oui, pauvres écrivains, voilà bien notre lot.
Sitôt que parmi nous quelque talent s'élève,
La critique l'abat, la police l'achève.

HARDY.

Les jaloux de mon père ont bien su l'accabler,
Mais la police au moins n'eut pas à s'en mêler.

VOLTAIRE.

Voyez, moi, qui jamais n'ai fait tort à personne,
Que d'ennemis, bon Dieu! les prélats, la Sorbonne,
Boyer de Mirepoix, Jean François Montillet[1],
Auteur de plats sermons que dicte Patouillet,
Et tout l'arrière-ban de la ligue dévote,
Le bon Cogé-pecus[2] et le petit Nonnotte,
Et ce Guénée enfin, sacristain par quartier,
Orné de plus d'esprit que n'en veut son métier.

[1] Archevêque d'Auch. Sur Patouillet, Nonnotte, etc., voir l'abbé Maynard, livre IV, ch. IV.

[2] Recteur de l'université de Paris. (Cf. Maynard, livre IV, ch. III.)

Tout cela me poursuit, me dénonce et me damne,
Pour avoir dit : « Midas a des oreilles d'âne. »
Il n'en sera, parbleu ! que ce que Dieu voulut :
Rien que pour les narguer, je ferais mon salut.

D'HÉRICOURT (*bas à d'Aumont.*)

Eh bien !

VOLTAIRE (*s'animant.*)

Voyez encor Desfontaines, ce prêtre,
Ce Cartouche en soutane échappé de Bicêtre,
Plus ingrat que méchant et plus méchant que sot.
Voyez Piron, Clément, Sabotier, Polissot[1] !....
Le destin me gardait, pour en clore la liste,
Un écumeur d'écrits, un petit journaliste,
Un âne littéraire, un maître Aliboron,
Un Zoïle enragé qui s'appelait Fréron.

HARDY (*à part.*)

O Dieu ! — (*Entre Florian, des lettres à la main.*)

SCÈNE XI.

VOLTAIRE, D'AUMONT, D'HÉRICOURT, HARDY, FLORIAN.

FLORIAN.

Votre courrier, Monsieur, qu'on vous apporte.

VOLTAIRE.

Vous, marquis !

[1] Sabatier, Palissot. Ces travestissements sont de Voltaire.

FLORIAN.

Hé! vos gens gardent si bien la porte,
Qu'empêché de vous voir et le désirant fort,
J'ai trompé la douane avec ce passe-port.
Me pardonnerez-vous mon petit stratagème?

VOLTAIRE.

Comment donc? (*le présentant.*)
Un voisin que j'estime et que j'aime,
Monsieur de Florian.

FLORIAN (*saluant.*)

Messieurs....

D'HÉRICOURT (*à Voltaire.*)

Depuis longtemps
Nous vous prenons, Monsieur, de précieux instants.
Nous serions indiscrets....

VOLTAIRE.

Eh bien! soit, je vous chasse.
Florian, ces Messieurs n'ont point vu ma terrasse.
Menez-les à Villette, et venez de ce pas
Au plus vite avec moi débrouiller ce fatras. —
Mais j'y pense : il me faut encore un secrétaire.
Qui de vous trois, Messieurs, veut obliger Voltaire?

D'HÉRICOURT.

Oh! tous trois.

D'AUMONT.

Moi, de grâce.

VOLTAIRE.

Allons, ce sera vous,
Monsieur le chevalier.

D'HÉRICOURT.

Vous faites deux jaloux.

VOLTAIRE.

Au revoir, et pardon. (*Florian, Hardy et d'Héricourt sortent.*)

SCÈNE XII.

VOLTAIRE, D'AUMONT.

D'AUMONT.

Combien ce choix m'honore !

VOLTAIRE.

J'entends de vos bontés réclamer plus encore.
Soyez mon secrétaire et mon lecteur.

D'AUMONT.

Comment ?

VOLTAIRE.

Vous le saurez. Je suis à vous dans un moment. (*Il sort.*)

SCÈNE XIII.

D'AUMONT *seul.*

De tout ce que je vois mon âme est confondue.
Que d'esprit, que de grâce à propos répandue!
Quelle mélancolie! et parfois quelle aigreur!
En croirais-je Hardy?

SCÈNE XIV.

D'AUMONT, VOLTAIRE.

VOLTAIRE (*un papier à la main.*)

J'ai fait pour l'empereur
De méchants petits vers[1]. Le régal est fort mince,
Mais il est obligé quand on héberge un prince.

D'AUMONT.

C'est un morceau de roi que vous lui préparez.

VOLTAIRE.

Il vous semble? Fort bien. Vous le lui servirez.

D'AUMONT.

Quoi! ces vers?

[1] Un compliment en vers avait été préparé pour Joseph II. Il devait être récité par mademoiselle de Varicourt, la future marquise de Villette.

VOLTAIRE.

Oui, Monsieur.

D'AUMONT.

Mais pardon : qu'est-ce à dire?

VOLTAIRE.

Que devant Joseph deux vous voudrez bien les lire.

D'AUMONT.

Moi!

VOLTAIRE.

Faites cet honneur à mes versiculets[1].
Voyons, asseyez-vous d'abord. Transcrivez-les.

D'AUMONT (*S'asseyant.*)

Vous me comblez. (*Entre Florian.*)

SCÈNE XV.

D'AUMONT, VOLTAIRE, FLORIAN.

VOLTAIRE.

Marquis, hâtons-nous, le temps presse.
Venez. De chaque lettre examinons l'adresse.
Sachons qui nous écrit : nous devinerons quoi.

FLORIAN (*présentant une lettre.*)

Voici l'aigle de Prusse.

[1] Ce joli barbarisme est de Voltaire. (Correspondance, *passim.*)

VOLTAIRE.

Eh ! parbleu, c'est du roi...

(Il la parcourt.)

Il sait que Joseph deux me doit faire visite.

FLORIAN.

Sans doute par avance il vous en félicite.

VOLTAIRE.

En vers. Lisez plutôt.

D'AUMONT (*à part.*)

Des vers de conquérant !

Oh ! j'écoute.

VOLTAIRE (*à Florian.*)

Lisez.

D'AUMONT (*à part.*)

De Frédéric le Grand !

FLORIAN (*lisant*).

« Oui, vous verrez cet empereur,
« Qui voyage afin de s'instruire,
« Porter son hommage à l'auteur
« De Henri quatre et de Zaïre.
« Votre génie est un aimant,
« Qui, tel que le soleil attire
« A soi les corps du firmament,
« Par sa force victorieuse,
« Attire les esprits à soi,
« Et Thérèse la scrupuleuse
« Ne peut renverser cette loi.

« Joseph a bien passé par Rome
« Sans qu'il fût jamais introduit
« Chez le prêtre que Jurieu nomme
« Très-civilement l'Antechrist.
« Mais à Genève qu'on renomme,
« Joseph, plus fortement séduit,
« Révèrera le plus grand homme
« Que tous les siècles aient produit[1]. »

Frédéric a du goût.

VOLTAIRE.

Les vers sont peu de chose.
Je les trouve prussiens. Parcourez donc la prose.

FLORIAN (*lisant*).

« Si cela arrive, vous l'emporterez en tout sur « Jésus. Il n'y eut que des rois, ou je ne sais quels « mages, qui vinrent à son étable de Bethléem, et « Ferney recevra les hommages d'un empereur[2]. »

D'AUMONT (*à part, avec dégoût*).

Oh !

FLORIAN.

Le héros du nord plaisante lestement.

VOLTAIRE.

Ce n'est pas tout. Lisez.

[1] Du roi de Prusse à Voltaire, 9 juillet 1777.
[2] Du même au même, 17 juin 1777.

FLORIAN (*lisant.*)

« Pour rendre le parallèle parfait, je substitue à l'étoile
« qui guidait les mages, les lumières de la raison qui
« conduit notre jeune monarque[1]. »

Je vous fais compliment.

VOLTAIRE.

Il me prend par mon faible, et voilà ce que j'aime.

FLORIAN,

Oui, c'est piquant.

D'AUMONT (*à part*).

Voltaire aime donc le blasphème.

VOLTAIRE (*parcourant une lettre*).

Ah! les Welches maudits! les Visigoths français!

FLORIAN.

Qu'est-ce ?

VOLTAIRE.

La barbarie a gagné son procès,
Et Gilles Letourneur et Gilles Shakespeare
Des lettres parmi nous vont régenter l'empire[2].
Quoi! ce paillasse anglais, ce bouffon pris de vin,
Shakespeare à Paris est traité de divin!
Un pays qui possède et Corneille et Racine!

[1] Du même au même, *Ibid.*

[2] Protester contre l'engouement nouveau des Français pour Shakespeare était alors une des grandes préoccupations de Voltaire. Cf. Corresp. avec Dalembert, 1776, 1777. C'est là que Shakespeare et son panégyriste sont appelés du nom de Gilles.

FLORIAN.

Et Voltaire.

VOLTAIRE.

Mon cher, tout cela m'assassine.
Il est temps que je meure.

FLORIAN.

Allons!

VOLTAIRE.

Et je prévoi,
Monsieur, que le bon goût sera mort avant moi.
N'en parlons plus.—Voyons d'où nous vient cette épître...
De Paris... Dalembert encore ?... Autre chapitre.
Pauvre philosophie ! Ah ! je suis accablé.
De Sales dans les fers et son livre brûlé[1] !

FLORIAN.

Quel est son crime ?

VOLTAIRE

Il a, sans flatter l'imposture,
En homme raisonnable écrit sur la nature.

FLORIAN.

Cas pendable en effet.

[1] Delisle de Sales, ex-oratorien, auteur de la *Philosophie de la nature* (1769). Condamné par le Châtelet, il fut pourvu, grâce à Voltaire et à Dalembert, d'une charge à la cour de Prusse. (Cf. Corresp. avec Dalembert, 1777.)

VOLTAIRE.

Monsieur, c'est un martyr !
Mais des griffes du loup je le ferai sortir.
Je veux pour le sauver remuer ciel et terre.

FLORIAN.

Beau projet !

D'AUMONT (*à part*).

Vais-je enfin retrouver mon Voltaire ?

VOLTAIRE.

Messieurs du Châtelet, juges persécuteurs,
Qui brûlez les écrits et souvent les auteurs,
Jansénistes pétris de sottise et de haine,
Pour vous voir tête en bas culbutés dans la Seine,
Ayant au lieu de pierre un Moliniste au cou [1],
Morbleu ! je donnerais tout mon bien comme un sou.

D'AUMONT (*à part.*)

Il s'aigrit.

VOLTAIRE.

Plats pédants !

FLORIAN (*présentant une lettre*).

Quel est ce cachet jaune ?

VOLTAIRE.

Donnez... — Un capucin qui demande l'aumône.

1. Nous ne faisons que retourner une proposition de Voltaire. « Il ne serait pas mal qu'on envoyât chaque jésuite au fond de la mer avec un janséniste au cou. » (AChabanon, 21 décembre 1767.)

FLORIAN.

A vous ?

VOLTAIRE.

Et pourquoi pas ? — Un capucin de Gex,
Qui se prétend cousin de mon laquais Bigex,
Pour ses frères en Dieu me présente requête...
Son couvent... un procès... Il me casse la tête.
Hé ! ses frères en Dieu peuvent mourir de faim.

D'AUMONT (*à part*).

Qu'il est dur !

VOLTAIRE.

Après tout, s'ils demandent du pain,
Qu'ils jettent là le froc et deviennent plus sages.
A titre de bouviers je les prends à mes gages,
Voire à titre de bœufs, avec gages meilleurs[1].
S'ils ne sont pas contents, qu'ils s'adressent ailleurs.

D'AUMONT (*à part.*)

Voilà donc sa bonté !

VOLTAIRE.

Ces gens souillent la France.
Qu'on l'en purge au plus tôt !

[1] Cela fut écrit en 1764 à propos des jésuites proscrits en France. « J'ai besoin de deux ou trois bouviers dans ma terre, si vous pouvez m'envoyer le P. Kroust et deux de ses compagnons, je leur donnerai de bons gages; et si au lieu du métier de bouvier ils veulent servir de bœufs, cela serait égal. » (A Dupont, 29 décembre 1764.)

D'AUMONT (*à part*).

Voilà sa tolérance !

FLORIAN.

Vous êtes cependant leur père temporel.

VOLTAIRE.

Pour rire à leurs dépens.

D'AUMONT (*à part*).

Oh ! ce diplôme ! ciel !

VOLTAIRE (*lisant une signature*).

Ponce Ecouchard-Lebrun. — C'est une ode sans doute.

FLORIAN (*bas, après avoir observé d'Aumont*).

Prenez garde. Je crois que Monsieur nous écoute.

VOLTAIRE (*bas*).

Qui ? le petit d'Aumont ? Oui, j'allais l'oublier. (*Haut.*)
Eh bien ! est-ce fini, Monsieur le chevalier ?

D'AUMONT.

Dans un instant, Monsieur.

VOLTAIRE (*bas à Florian*).

C'est un enfant du reste,
Et de nos bons amis, d'Argental me l'atteste.

FLORIAN.

Que veut Monsieur Pindare ?

VOLTAIRE.

Il prétend me gruger !

FLORIAN.

Que vous demande-t-il?

VOLTAIRE.

Quelques os à ronger
Pour le vieux Jean-François, le dernier des Corneille[1].

FLORIAN.

Le père de Marie?

VOLTAIRE.

Oui.

FLORIAN.

De vrai, c'est merveille
Que la fille soit riche et le père n'ait rien.

VOLTAIRE.

Vous verrez qu'il faudra lui donner tout mon bien.
D'ailleurs il est facteur de la petite poste.

FLORIAN.

Un Corneille!

VOLTAIRE.

Oui, Monsieur. Qu'il vive de son poste.

FLORIAN.

Quoi! tandis que sa fille embellit votre cour,
Il saute les ruisseaux pour trente sous par jour!

[1] Pour l'histoire du mariage de Marie Corneille et des procédés de Voltaire à l'égard du malheureux père, voyez l'abbé Maynard, liv. IV, ch. II, § 6, 7.

VOLTAIRE.

Et que prétend de plus le père de Marie?
Il avait une fille : hé bien! je la marie;
Je veux de mon travail doter cette enfant-là,
J'épluche Agésilas, Pertharite, Attila;
Je donne cent louis au bonhomme de père[1],
Pour qu'il ne vienne pas ici, le pauvre hère,
Tenir à nos époux ses propos familiers
Et salir mes tapis avec ses gros souliers.
Que diable!

D'AUMONT (*A part.*)

Un père exclu des noces de sa fille!

VOLTAIRE.

Je n'ai pas, j'imagine, épousé la famille.

FLORIAN.

Il est vrai.

VOLTAIRE.

J'aime fort la nièce de Cinna.
Quand à ces Cornillons, cousins de Suréna[2],

[1] C'est trop dire. Voltaire n'acheta que vingt-cinq louis l'absence de Jean-François Corneille, lequel eut de la peine à se résoudre au marché. (A d'Argental, 26 et 30 janvier 1763; 29 mars 1766.)

[2] On nous menace d'une douzaine d'autres petits Cornillons, cousins germains de Pertharite, qui viendront l'un après l'autre demander la becquée. Mais Marie Corneille est comme Marie sœur de Marthe, elle a pris la meilleure part. (A d'Argental, 9 mars 1763.)

J'ai de leur gueuserie une pitié profonde;
Mais je ne puis enfin marier tout le monde.
Dieu veuille protéger le pauvre Jean François!
(*Entre Wagnière.*)

SCÈNE XVI.

VOLTAIRE, FLORIAN, D'AUMONT, WAGNIÈRE, *puis* THIBOUVILLE.

WAGNIÈRE.

Monsieur....

VOLTAIRE.

Quoi?

WAGNIÈRE.

L'empereur est entré dans Versoix.
Bigex à toute bride est venu me l'apprendre.

VOLTAIRE.

Hé! mais nous n'avons plus un quart d'heure à l'attendre.
Vite, appelons nos gens.

FLORIAN.

Moi, je cours les chercher. (*Il sort.*)

VOLTAIRE (*à Wagnière.*)

Nos deux ambassadeurs ont-ils pu l'approcher?

WAGNIÈRE.

L'empereur les a vus aux portes de la ville.

VOLTAIRE.

Parfait. Qu'on range tout (*Wagnière sonne. Claude et Richard se présentent et, sur un signe, commencent à tout ranger. Entre Thibouville.*) Vous voilà, Thibouville.
Eh bien! notre curé?

THIBOUVILLE.

Nous nous en passerons.

VOLTAIRE.

Il me refuserait! Pour le coup, nous verrons
Si je ne lui fais pas quelque bonne avanie.

THIBOUVILLE.

Il est chez un manant qu'on dit à l'agonie.

VOLTAIRE.

Ah!

THIBOUVILLE.

Je l'ai fait prier de hâter son retour.

VOLTAIRE (*ramassant les lettres.*)

Ce manant pouvait bien mourir un autre jour.

D'AUMONT (*présentant sa copie.*)

Monsieur....

VOLTAIRE.

Bon. Gardez-les. Merci de l'obligeance.
On vous avertira. Je cours en diligence
Enfermer ces papiers. (*Il sort.*)

THIBOUVILLE.

Revenez promptement.

(*A d'Aumont.*)

Avez-vous à Ferney trouvé quelque agrément,
Monsieur ? L'esprit du maître est bien fait pour séduire,
N'est-ce pas?

D'AUMONT.

Avant tout, il est fait pour instruire.
J'apprends ici beaucoup.

THIBOUVILLE.

Voici nos invités.

SCÈNE XVII.

THIBOUVILLE, D'AUMONT, FLORIAN, D'HÉRICOURT, HARDY, VILLETTE, DELILLE, BITAUBÉ, DE LA BORDE, FORESTIER, TRUDAINE, autres invités, — *puis* VOLTAIRE.

(*On se place. D'Héricourt et Hardy rejoignent d'Aumont à la gauche du spectateur.*)

D'HÉRICOURT (*à d'Aumont*).

Quoi de neuf, beau cousin ?

D'AUMONT.

De tristes vérités,
Hélas !

D'HÉRICOURT (*à Hardy.*)

Et vos discours que l'on traitait de fables !
On y revient. (*Entre Voltaire. Salut général.*)

VOLTAIRE.

Messieurs, que vous êtes aimables !
Attendant l'empereur nous pouvons nous asseoir.
Quand viendra le moment de l'aller recevoir,
Nous serons avertis ; n'en soyez pas en peine.
Il ne tardera guère. — Ah ! Monsieur de Trudaine,
De ma pauvre bourgade unique fondateur[1],
Combien je suis ravi....

TRUDAINE.

L'éloge est trop flatteur.
A vos plans généreux mon amitié conspire :
C'est peu. Voltaire seul est fondateur d'empire.

VOLTAIRE.

Moi, Messieurs, point du tout. Je suis maître horloger.

VILLETTE.

Neptune fut maçon.

DELILLE.

Apollon fut berger.

[1] Trudaine, maintenu dans ses fonctions après la chute du ministère Turgot, fit beaucoup pour la prospérité de la colonie de Ferney. L'histoire de cette colonie mérite d'être étudiée. (V. l'abbé Maynard, liv. IV, ch. I, § 6, 7.)

VOLTAIRE.

Mon Dieu! j'avais trouvé pour toute seigneurie
Un bouge, un hôpital, une maladrerie,
Trente ou quarante gueux rongés par tous les maux.
D'industrieux colons je peuplai ces hameaux;
L'amour-propre s'en mit : je bâtis une église,
Une ville, un château. Cette noble sottise
M'a pris, bon an, mal an, les trois quarts de mon bien.
Je mourrai sans le sou, mais ne regrettant rien.

LA BORDE.

Oui, le bonheur d'autrui récompense le sage.

VOLTAIRE.

J'ai fait quelques heureux : c'est mon plus bel ouvrage[1].

TRUDAINE.

Art sublime en effet.

BITAUBÉ.

Plus que celui des vers.

DELILLE.

Seul fait pour mériter l'amour de l'univers.

VOLTAIRE.

Hé! Messieurs, pas toujours. — Mais vous, mon cher Delille,
Vous revenez tout droit du tombeau de Virgile.
Que vous a dit le maître?

[1] « J'ai fait un peu de bien, c'est mon meilleur ouvrage. » Voltaire, *Épître à Horace*.

DELILLE.

Il était en courroux.

VOLTAIRE.

Bah !

DELILLE.

De se voir traduit par un autre que vous.

VOLTAIRE.

Son ombre vous a fait un conte ridicule.

DELILLE.

Il voulait un géant pour ce travail d'Hercule.

VOLTAIRE.

Il se peut; mais enfin vous avez su prouver
Que l'Hercule nouveau n'était plus à trouver.

DELILLE.

Oh !

VOLTAIRE.

J'en appelle à vous, Bitaubé l'homérique.
Ai-je bien dit ?

BITAUBÉ.

L'arrêt n'attend pas de réplique.

VOLTAIRE.

Les vieux s'en vont, Messieurs; il faut les remplacer.

DELILLE.

Qui le pourra?

VOLTAIRE.

Que dis-je? Il faut les surpasser.
A mon âge, on revit pour applaudir encore
Les plus jeunes talents que le ciel fait éclore.
Au déclin d'un long jour, et quand tout va finir,
On aime à saluer l'espoir de l'avenir.
Voilà mon successeur, et je vous le présente :
Le chevalier d'Aumont.

D'AUMONT.

Qui? Moi! Monsieur plaisante.

VOLTAIRE.

Aucunement.

D'AUMONT (*à part.*)

Bon Dieu! Quelle dérision!
(*Haut.*) De grâce, ayez pitié de ma confusion.

D'HÉRICOURT.

Aussi bien l'avenir est une chambre noire.
Restons dans le présent que remplit votre gloire.

VILLETTE.

Pour vous, à pareil jour, manquerait-il d'appas?

LA BORDE.

Alors qu'un souverain porte vers vous ses pas?

VOLTAIRE.

Nous avons notre faible, et l'honneur nous caresse;
Mais enfin cet honneur, est-ce à moi qu'on l'adresse?

THIBOUVILLE.

A qui donc ?

VOLTAIRE.

A vous tous. L'héritier des Césars
Dans mon humble personne encourage les arts.

VILLETTE.

Le bruit court, entre nous, qu'il aurait bien l'étoffe
D'un roi sans préjugés.

FORESTIER.

Voire d'un philosophe.

VOLTAIRE.

Tant que vivra sa mère, il doit la ménager

BITAUBÉ.

Soit, mais après?

VOLTAIRE.

Après, le vent pourrait changer.

THIBOUVILLE.

Joseph a de l'esprit.

FLORIAN.

Je crois qu'il serait homme
A taquiner un peu grand le Lama de Rome.

TRUDAINE.

Ce qu'il fait aujourd'hui me donne bon espoir.

LA BORDE.

Oui, c'est un gage.

VOLTAIRE.

Au fait, si l'on daigne me voir,
Si, bravant la censure, on vient à l'agonie
Bénir le vieux pécheur que Rome excommunie,
C'est qu'à la vérité j'ai toujours fait la cour;
C'est que, pour le bon droit plein d'un sincère amour,
J'ai pendant soixante ans combattu l'imposture;
C'est que j'ai travaillé pour une ère future,
Où, suivant la raison, reine du genre humain,
Tous les peuples unis se donneront la main.
Messieurs, voilà ma gloire.

FORESTIER.

Est-il gloire plus belle?

VOLTAIRE.

Je ne jouirai pas de cette ère nouvelle[1],
Où l'homme sera sage en dépit des Frérons.
Vous la verrez, Messieurs.

FLORIAN.

Et nous vous bénirons.

TRUDAINE.

Oui, l'Europe a suivi l'exemple de la France :
Elle s'éveille enfin de sa longue ignorance.

[1] « Je ne mangerai pas des fruits de l'arbre de la tolérance que j'ai planté ; je suis trop vieux, je n'ai plus de dents ; mais vous en mangerez un jour, soyez-en sûr. » (A Lavaysse, 5 janvier 1769.)

LA BORDE.

Tous les honnêtes gens commencent à penser.

FORESTIER.

Mais le peuple?

VOLTAIRE.

Oh! le peuple? on peut l'en dispenser.

VILLETTE.

Vous ne prétendez point le convertir?

VOLTAIRE.

A d'autres.
C'est fort peu gentilhomme, et bon pour les apôtres[1].

D'AUMONT (*à part.*)

Comment!

LA BORDE.

Mais la raison luit pour tous les mortels.

VOLTAIRE.

Mon cher, il faut au peuple un joug et des autels.
Je laisserai toujours mon curé qui s'en vante
Gouverner mon laquais, mon cocher, ma servante.

THIBOUVILLE.

Le peuple est un troupeau fait pour être conduit.

[1] « On n'a jamais prétendu éclairer les cordonniers et les servantes; c'est le partage des apôtres. » (A Dalembert, 2 septembre 1768.)

VOLTAIRE.

Il faut qu'il soit guidé, mais non qu'il soit instruit.
En est-il digne[1] ?

D'AUMONT.

Eh quoi ! C'est l'avis de Voltaire ?

VOLTAIRE.

Je vous parle, Messieurs, en bon propriétaire.
Pour mener ma charrue et pour faucher mes prés,
Je veux des ignorants, non des clercs tonsurés[2].

FLORIAN.

Quand vos laquais auront de la philosophie,
Faites-les obéir.

VOLTAIRE.

Moi, je vous en défie.

D'HÉRICOURT.

Donc la moitié du monde est vouée à l'erreur ?

VOLTAIRE.

Qu'y faire ? Il le faut bien.

[1] « Il est à propos que le peuple soit guidé, et non pas qu'il soit instruit ; il n'est pas digne de l'être. » (A Damilaville, 19 mars 1766.)

[2] « Je vous remercie de proscrire l'étude chez les laboureurs. Moi, qui cultive la terre, je vous présente requête pour avoir des manœuvres, et non des clercs tonsurés. Envoyez-moi surtout des frères ignorantins pour conduire mes charrues, ou pour les y atteler. » (A la Chalotais, 28 février 1763.)

D'AUMONT.

Mais... (*Entré Claude.*)

SCÈNE XVIII.

Les mêmes. CLAUDE, *puis* WAGNIÈRE.

CLAUDE (*à Voltaire.*)

Monsieur, l'empereur !

VOLTAIRE.

L'empereur ! (*On se lève.*)

CLAUDE.

Le premier, j'ai couru vous le dire.
Son carrosse est là-bas.

VOLTAIRE (*à d'Aumont.*)

Tenez-vous prêt à lire,
Monsieur le chevalier. — Messieurs, nous descendons.

WAGNIÈRE (*entrant.*)

Arrêtez, arrêtez, Monsieur. Mille pardons !
Ce n'est pas lui.

VOLTAIRE.

Comment ?

CLAUDE (*désespéré.*)

Ce n'est pas lui !

VOLTAIRE.

Quel rôle
Désagréable et sot nous fait jouer ce drôle !
Qu'on le chasse.

CLAUDE.

Ah ! Monsieur.

VOLTAIRE.

Qu'on le chasse à l'instant.

CLAUDE (*à part.*)

Et de ce Joseph deux j'avais espéré tant ! (*Il sort.*)

VOLTAIRE.

Messieurs, je suis confus. — (*A part.*) Ridicule aventure !

THIBOUVILLE. (*à Wagnière.*)

Mais d'où vient la méprise? A qui cette voiture ?

SCÈNE XIX.

Les mêmes. TRONCHIN.

RICHARD (*annonçant.*)

Monsieur Tronchin.

WAGNIÈRE (*à Thibouville.*)

Voilà.

TRONCHIN.

Votre humble serviteur,

(*A Voltaire.*)
Messieurs. — Ah ! cher malade !

VOLTAIRE.

Est-ce bien vous, docteur ?
Je vous croyais là-bas, à Paris.

TRONCHIN.

J'en arrive
Depuis deux jours.

VOLTAIRE.

Parfait. Soyez notre convive.

TRONCHIN.

Aucuns vous disaient mort.

VOLTAIRE

Ils sont un peu pressés.
Je ne suis que mourant ; c'est déjà bien assez.

TRONCHIN.

Et l'on tient cour plénière. Une belle assemblée,
Sur ma foi ! Quelle fête aurais-je donc troublée ?

THIBOUVILLE.

Eh ! ne savez-vous pas ?...

TRONCHIN.

Je ne sais rien.

THIBOUVILLE.

Mais si.
L'empereur...

TRONCHIN.

Joseph deux?

VOLTAIRE.

Nous l'attendons.

TRONCHIN.

Ici?

L'empereur?

VOLTAIRE.

Oui, Monsieur.

TRONCHIN.

Mais il est à Genève.

FLORIAN.

Déjà! Vous l'avez vu?

TRONCHIN.

De mes yeux.

VOLTAIRE.

Est-ce un rêve?

TRONCHIN.

A souper avec lui j'étais même invité,
Mais pour un vieil ami que n'aurait-on quitté?

VOLTAIRE.

(*A part.*)

Trop aimable. — A Genève! Il faudra que j'en meure.

VILLETTE.

Ne sait-on pas au moins le temps qu'il y demeure?

TRONCHIN.

Lui-même a déclaré qu'il s'en va dès demain,
Et ne veut s'arrêter nulle part en chemin.

LA BORDE.

Vous l'avez entendu?

TRONCHIN.

Sans doute.

VILLETTE.

Quel prodige!

THIBOUVILLE (*à Voltaire*).

Que faire?

VOLTAIRE (*s'éloignant*).

Laissez-moi.

THIBOUVILLE.

Mais.....

VOLTAIRE.

Laissez-moi, vous dis-je. (*Il sort.*)

THIBOUVILLE.

Bon! le voilà parti.

D'HÉRICOURT (*à d'Aumont*).

Superbe dénoûment!

VILLETTE (*à Tronchin*).

Il ne viendra donc pas?

TRONCHIN.

Le prince ? Apparemment.
Quoi ! Voltaire y croyait ?

TRUDAINE.

Autant que l'on peut croire.

THIBOUVILLE.

Et vous n'en saviez rien ! La chose était notoire.
Rapports officieux, compliments des amis,
Tout l'annonçait. Joseph avait presque promis.

FLORIAN.

De Berlin Frédéric en donnait l'assurance.

VILLETTE.

Personne, excepté vous, ne l'ignorait en France.

TRONCHIN.

Je n'ai pas ouï dire un mot de tout cela.

(*Voltaire paraît en robe de chambre et en bonnet de nuit. Stupeur.*)

FORESTIER.

Bon Dieu !

VOLTAIRE.

Que font chez moi tous ces importuns-là ?
Faut-il pour un mourant tant de cérémonie ?
Laissez-moi donc en paix finir mon agonie [1].
(*Il s'éloigne lentement. Silence.*)

[1] « Voltaire sort à pas de loup ; bientôt, pâle, en robe de chambre et en bonnet de nuit, il entr'ouvre la porte et, d'une

D'HÉRICOURT (*éclatant de rire derrière son chapeau*).

C'est le comble !

TRONCHIN (*à Thibouville*).

Courons, tâchons de le calmer.

LA BORDE.

Quelle histoire !

THIBOUVILLE.

Impossible. Il vient de s'enfermer.

D'AUMONT.

O mes illusions !

TRONCHIN.

Le malheureux Voltaire !

Et c'est moi !.....

THIBOUVILLE (*à part*).

Je voudrais être à cent pieds sous terre.

D'AUMONT.

(*A Thibouville.*)

Je n'y tiens plus. — Monsieur, ces papiers sont à lui.
Je vous les rends. — Sortons. Viens d'Héricourt.

D'HÉRICOURT.

Oh ! oui,

Allons-nous-en.

voix cassée : « Qu'est-ce que tous ces importuns font là ? Ne laissera-t-on pas mourir en paix un pauvre vieux malade comme moi ? » (L'abbé Maynard, t. II, p. 280.)

THIBOUVILLE.

Messieurs... excusez... à son âge...
Pardon... Vous comprenez.

D'HÉRICOURT.

Nous comprenons.

THIBOUVILLE (*à part*).

J'enrage.

TRUDAINE.

Retirons-nous.

DELILLE.

Partons. (*Tous s'apprêtent à sortir.*)

HARDY (*les arrêtant*).

Non, Messieurs, un moment.
J'apportais à cet homme un autre châtiment.
Malheureux orphelin dont il tua le père,
Je venais l'accabler du poids de ma colère,
Et voir si, du remords habile à s'affranchir,
Voltaire, en m'écoutant, ne saurait pas rougir.
Je fais taire un courroux hélas! trop légitime :
Il est assez puni. Le fils de sa victime,
En le voyant si bas, trop fier pour l'insulter,
A sa confusion dédaigne d'ajouter.
Il saura qu'il m'avait pour témoin de sa honte.
C'est toute ma vengeance; il me la faut; j'y compte.

THIBOUVILLE.

De grâce!

D'HÉRICOURT.

Assez, Hardy. Je...

HARDY.

Monsieur le baron,
Ce nom n'est plus le mien. Je m'appelle Fréron.

G. LONGHAYE.

PARIS. — IMP. DE VICTOR GOUPY, RUE GARANCIÈRE, 5.

www.ingramcontent.com/pod-product-compliance
Ingram Content Group UK Ltd.
Pitfield, Milton Keynes, MK11 3LW, UK
UKHW020327220726
13923UKWH00003B/1412